アビゲイル

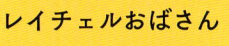

レイチェルおばさん

ちからも
力持ちのサムソン

ブルメンサル家の双子
け　ふた　ご

かじや
鍛冶屋の
ダヴィード

ドヴ

ヤコブ

げんき
元気なアーロン

ベンジャミン

テーラーのヨゼフ

JN188338

デボラ

The publication has been partially financed by the Lithuanian Culture Institute.
この本は、リトアニア文化協会の支援を受けて翻訳・出版されたものです。

Lithuanian Culture Institute

小石

ゲートにとざされた町のユダヤ人

ゲートの外に出た
すべての人に捧げる
M. M.

作 マリウス・マルツィンケヴィチウス

絵 インガ・ダギレ

訳 木村文

汐文社

1943年　夏

たこが空にまいあがり、太陽へとまっすぐのぼっていく。
ぼくの目は、それをおいかける。
「遠くまでとんでいけたらな、ぼくらを閉じこめる
あのゲートの外まで。このたこといっしょに
自由に向かって……」
ぼくはささやいて、糸を強く引いた。
「自由はゲートの向こうじゃなくて、ここにあるの。
心の中に」
リヴカが小さいけれど力強い手のひらを
ぼくの心ぞうの上においた。

ぼくの心ぞうが打つ音はまるで

トクン

トクン

トクン、

という遠い音が
彼女の心ぞうから伝わってきているようだった。
彼女の手のひらのあたたかさを感じていると、
夏の最後の日ざしが目にさしこんだ。
ぼくは幸せだった。

ぼくは親友のリヴカと
いっしょに屋根の上に
座っていた。足もとを
見おろすと、世界の
すべてがそこにあった。

下で、こどもたちが笑って、
犬がほえて、女の人たちが
おしゃべりをしているのが
聞こえた。

強い風がたこをとらえた。
糸が切れて、たこは赤い屋根の上を
ふわふわとういた。

気にしないよ。

さあ、とんでいけ！

すぐに秋がきて、
風が色とりどりの
葉っぱを運んでくるさ。

ぼくらは下におりようと
立ちあがった。
ぼくは少しこわかった——
ひとり残されたくなかった。

そう、まだ暗闇が
こわかった。

それにパパが帰ってこないかも
しれないこともこわかった。
でも今はリヴカがいっしょにいるから、
ものすごく勇気づけられていた。

彼女は世界で一番
ゆうかんな女の子で、
くちびるの上の
小さなキズだって
じまんに思っているんだ。

ぼくらは屋根からおりて、リヴカは家へと走って帰った。
ぼくはベンチでリヴカがもどるのを待っていた。

目の前にベーグルが落ちていた。
ぼくはその味がすごく恋しかった。
ベーグルは、最近ではめずらしいんだ。
すごくいいにおいで、食べたかった……
でもぼくはがまんして友達を
じっと待っていた……

ぼくは目を閉じて空想をした。
そして目を開けると、となりには、
ベンチの上に、大きな黒い鳥がいて、
どうもうな小さな目をぼくにむけていた。

あの鳥め……あれは春のことだった。あたたかな
南風とみつばちといっしょに、やつらもとんできた——

大きくて
黒い
鳥だった。

やつらはどこにでもいて、つきさすような
目で見てきた。黒い制服の男たちがあとに
続いた。やつらも鳥みたいだった。やつらは
町を走りまわり、カーカーとおかしな
しわがれたことばを発していた。

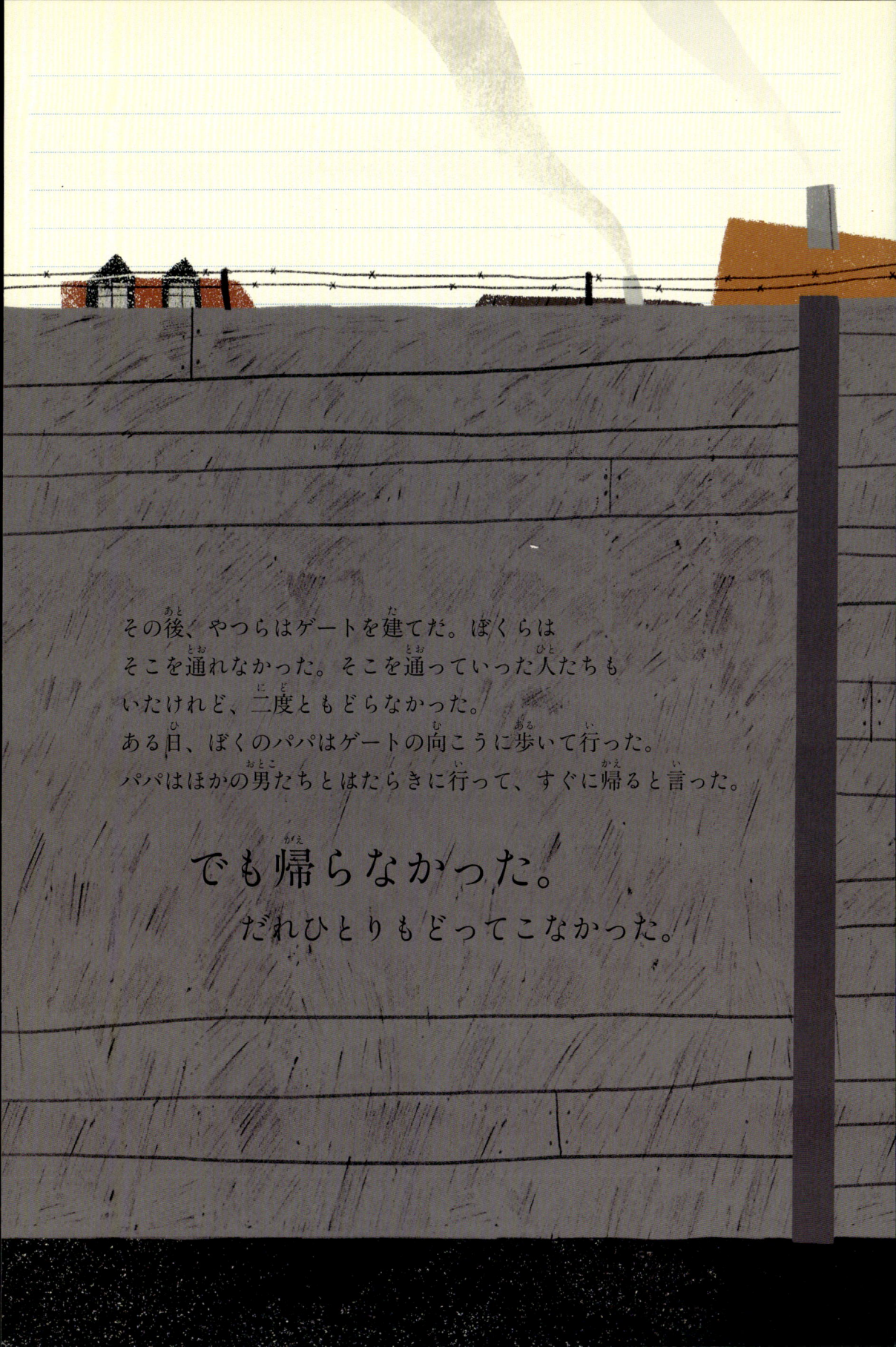

その後、やつらはゲートを建てた。ぼくらは
そこを通れなかった。そこを通っていった人たちも
いたけれど、二度ともどらなかった。
ある日、ぼくのパパはゲートの向こうに歩いて行った。
パパはほかの男たちとはたらきに行って、すぐに帰ると言った。

でも帰らなかった。
だれひとりもどってこなかった。

ときどき男たちがゲートから出て行って、
たまに家族みんなで出て行った。
死んだ目の人々が捨てられた家にきた。
シリーおばさんの店で売られている魚が
あんな目をしている。死んだ魚の目は青白く、
死んだとうめいなまくにうもれている。
その肌はねばねばとしていて冷たい。

制服の男たちは空っぽの家をかけまわって
残されたものを持っていく。やつらは静かに仕事をした。
やつらの口は水で満ちていて、心ぞうは動いていないので、
しゃべることができなかった。
やつらはもう死んでいたのかもしれない。

やつらがはたらくのを、何百もの
無言の目が窓ごしに見つめていた。

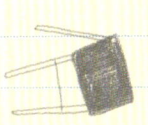

黒い鳥はくちばしで
がめつくごちそうをうばって
とび立った。

そのベーグルは鳥には大きすぎた。
くちばしからすべり落ちて中庭の真ん中に落ちた。
ぼくはそこにかけよった。まだそのごちそうを
守れるんじゃないかと思ったけれど、うまくいかなかった。
大きくカーとないて、鳥がそれをしとめた。

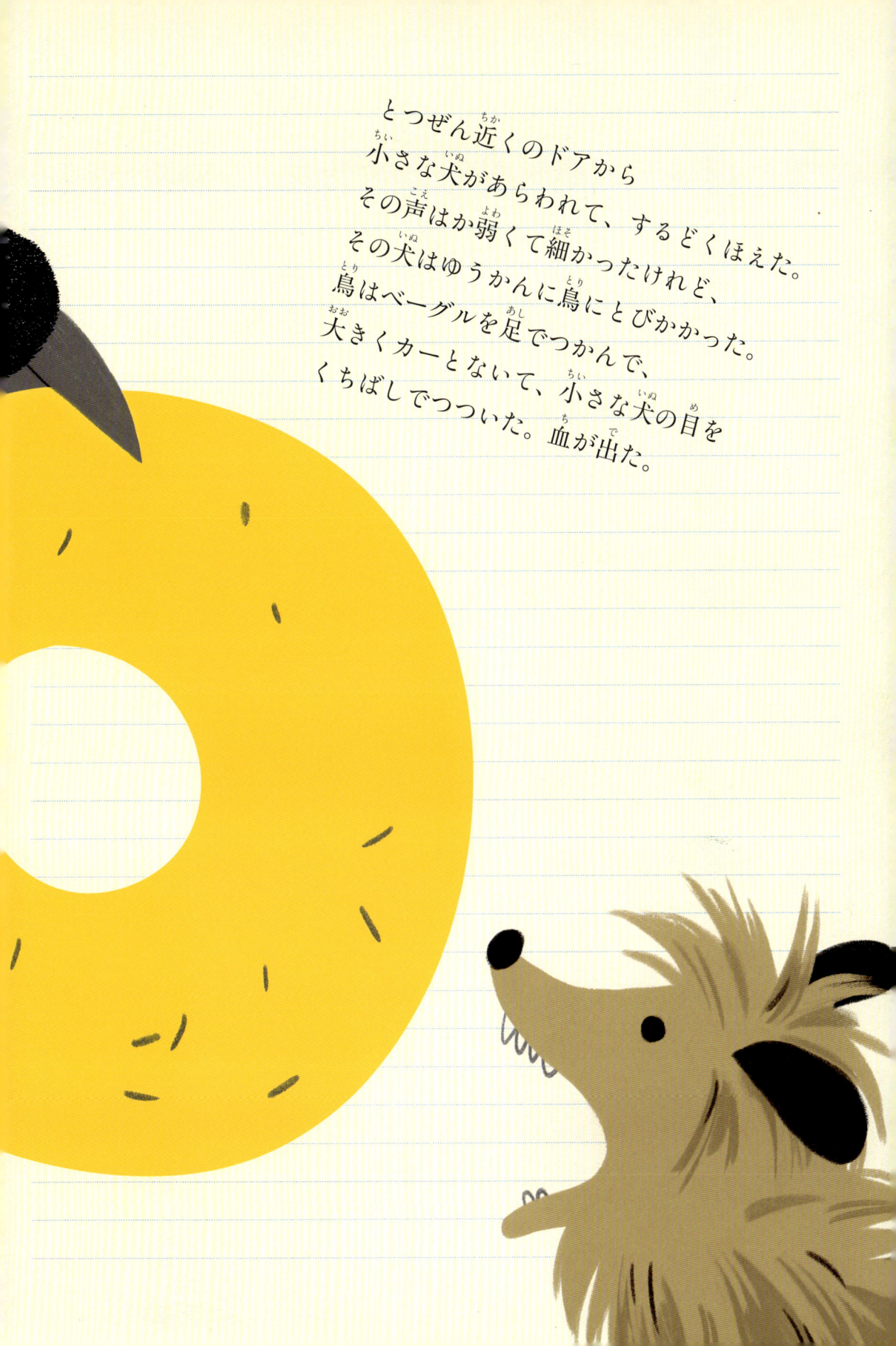

とつぜん近くのドアから
小さな犬があらわれて、するどくほえた。
その声はか弱くて細かったけれど、
その犬はゆうかんに鳥にとびかかった。
鳥はベーグルを足でつかんで、
大きくカーとないて、小さな犬の目を
くちばしでつついた。血が出た。

ぼくは、とびよってその小さな犬をつかんだ。
その子は悲しそうにふるえて泣いていた。

ぼくもいっしょにふるえた。

こわかった。

あと少しはずかしかった。

この小さな生き物はまだ名前もないのに、
ぼくよりもゆうかんだった。
ぼくには名前があるのに。

ぼくの名前はイーサン。おばあちゃんが、
「強い」って意味だと教えてくれた。
ぼくは強くないといけない。鉄のように強く。
石のように強く。でも今のぼくはおそれていた。
あの鳥はぼくを見ていた。ぼくは小さな犬を
むねにだきしめた。リヴカが階段をとび出してきた。
彼女はぼくのうでから犬を取りあげた。

「イーサンったら、もう」
彼女はそう言って、
言い終える前にすばやく
帰って行った。

鳥は勝ちほこった声でないて、
とび立って、ぼくの一番幸せな日を
黒いつばさにのせて
持っていってしまった。

血のあとがぼくのシャツに残った。
心ぞうのその場所に。

ママはまたおこるかもしれない。
これはたった一枚しかないシャツで、
明日にはこれを着て劇場で演奏をするのだ。
ぼくはヴァイオリンをひくことになっていた。

みんなが劇場にいた。
太っちょのヤコブ、元気な

アーロン、リヴカのおじいちゃんの
靴職人のアイザック、ぼくの

おばさんのシリーとレイチェル、
背の高いダヴィード、茶色い
髪のブルメンサル家の
双子、それとほかのみんな。
劇場は人が

いっぱいだった。

ぼくは見まわした。リヴカは
三列目に座っていて、
あの小さな犬を
だきしめていた。

ぼくはひけなくなるんじゃないかと
こわくなった。でも、おくびょうもの
じゃないことを見せないといけない。
リヴカと、あの小さな犬と、ぼく自身に。

ぼくは演奏をはじめた。音楽は
どんどんと大きくなっていった。
劇場は、いすや人々やかべとともに
消えてじまった。めまいがするような
光と音楽だけがあった。

そしてまたあらわれた。

あの黒い
鳥だった。

鳥はつばさを広げて大きな声でないた。
それは黒い制服の男たちに似ていたし、
もしかしたらそのうちのひとりだったかもしれない。
ぼくはその黒い目をはっきりと見た。
つばさをはためかせて騎士になった。
その黒いよろいは光を反射せず、
そのかぶとの上の二枚のつばさはゆれていた。

彼は剣をぬいて
何も言わずに
ぼくをおそった。

でもぼくは準備ができていた。
ぼくのよろいはまばゆい光で
かがやいていて、
ぼくの剣は強かった。

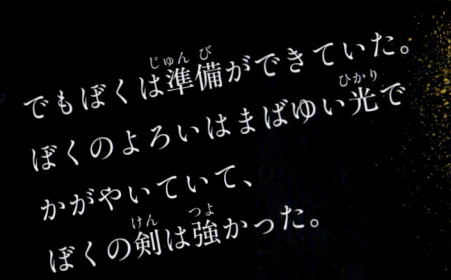

ぼくは一撃をそらして、
次のも次のもそらして、
自分の攻撃に出た。

それは決死のたたかいだった。
どちらかだけが生き残ることができた。
ぼくは最後の一撃をはなった。
ぼくのこわれた武器が割れるのが聞こえた。

すべてが消えた。ぼくのママはステージに
かけよってきてだきしめてくれた。
年寄りの靴職人のアイザックが近づいてきて、
ぼくの頭をなでて落ち着かせてくれた。
「気にするな、明日新しい弓を作ってやる」

聴衆はみんなしずかだった。
ただリヴカだけはなぜか
目をこすっていた。

ぼくらは家に帰ってベッドにたおれこんだ。
ぼくは昼までねむり、起きたときには、
リヴカの家族はいなくなっていた。
年寄りの靴職人はぼくに弓を作ってくれなかった。
死んだ魚の目の人々が持ちものを
トラックに積みこんだ。

夕方にシリーおばさんが
あの小さな犬をつれてきた。
目はよくなっていて、
まゆげの上を切っただけだった。
ぼくのシャツについたシミは
洗い流せなかった。

秋がやってきて、葉っぱが黄色くなった。ゲートの
向こうには多くの木々があった。今日はぼくらがゲートを
出る番だった。葉っぱがふって、ぼくらの足もとに落ちた――
ぼくらは黄色い道の上を通っていた。葉っぱはとても
黄色くて、それはぼくらの服についた星のようだった。

ぼくはふりかえって
自分の部屋の窓を見た。まるで
えんとつの中で風がうなっているかの
ようだった──もしかしたら、リヴカの
犬が泣いていたか、それともぼくの
ヴァイオリンが、なくした弓のために
泣いていたのかもしれない。
ぼくは知らなかった。
だけどもう何も気にならなかった。

ゲートを出ると、
秋がとても

うつくしかった。

「ママ、あの葉っぱの黄色を
見て、ぼくのたこみたい」
「そうだね、イーサン」
「ママ、見て、黄色と茶色の
栗だよ。あつめられるかな」
「もちろんだよ、イーサン」
「ママ、すぐに着くかな」
「きっとすぐよ、イーサン」
「ママ、そこにパパはいるかな？
リヴカは？」
ママは答えず、
ただ目をそらした。

ぼくはすぐにつかれてしまった。
ママに手を取られてぼくは前に進んだ。
ぼくらは、黒い制服の男たちと
死んだ目の人々につれられていった。

ようやくぼくらは着いた。なんだかさわぎが
はじまった。ののしる人がいて、さけぶ人がいて、
いのる人がいた。ぼくはこわくなってママが
だきしめてくれた中にかくれた。ぼくはすくんで
ちぢみ上がった。ママの腕の中は安全だった——
ママの温もりと心ぞうが打つ音を聞いているかぎり、
何も起こらないと知っていた。

　　トクン　トクン　トクン

という遠くの音が、今までぼくに
よりそってくれた。たくさんのほかの人の

　　トクン　トクン　トクン

　　　　　が合わさって、
　　　　　はやまっていった。

そして、ぼくの弓が
折れたときみたいに
何かが割れた。
すべてがしずかになった。

ぼくはこんなふうに地面の上で丸くなって
すくんでいた。暗くなった。ひんやりとした。
ぼくはまだ目を閉じて横たわっていた。
ぼくはカラスがカァとないて、
秋のみつばちが鼻歌を歌うのを聞いた。
目を開けたかったけれど、
ぼくのまぶたはとても重たかった。

日々が過ぎていった。
渡り鳥がまるを
かきながら飛んで、
ぼくにさよならを言った。
そしてぼくはまだ
横たわっていた。

ぼくの上で嵐がうなって
雪がふった。冬がきた。
雪の結晶がつめたい手で
ぼくの背中をなでてしずかに
子守うたをささやいた。

そして春がきて鳥がもどってきた。
みつばちがまたきてくれた。

ぼくは自分のからだが太陽と雨で
すりへって、小さくてかたくて
すべすべとした小石のように
なっていくのを感じた。

日々が過ぎていった。
何か月も。何年も。
ぼくはねむっていた。

ある日、小さくてやわらかな手が
ぼくを持ちあげるのを感じた。

「おばあちゃん」
か細い声が聞こえた。
「見て、すてきな小石！
生きているみたい。
持っていってもいい？」

その人は答えなかった。
そして、ぼくを手にした。
ぼくはその指のあいだでころがった。
そのまま、ぼくを心ぞうに近づけた。

ぼくはあのなじみのある

トクン

トクン

トクン

という遠くの音を聞いた。
ぼくの石のような目がひらいた。

「この石はここにいないと、家族といっしょに」
その人がささやくと、
くちびるの上のキズが見えた。
「行きましょう、彼の家族の話をしてあげる」

「本当に生きてるの？」

「もちろん、ここに生きているよ」
リヴカは自分のむねをたたいた。

ふたりは立ちさった。ぼくとママが
ここまでいっしょに歩いたのと同じ道を、
ふたりは歩いていった。

ぼくは見まわした。みんなここにいた。
太っちょのヤコブ、元気なアーロン、
リヴカのおじいちゃんの靴職人のアイザック、
ぼくのおばさんのシリーとレイチェル、
背の高いダヴィード、茶色い髪の
ブルメンサル家の双子……

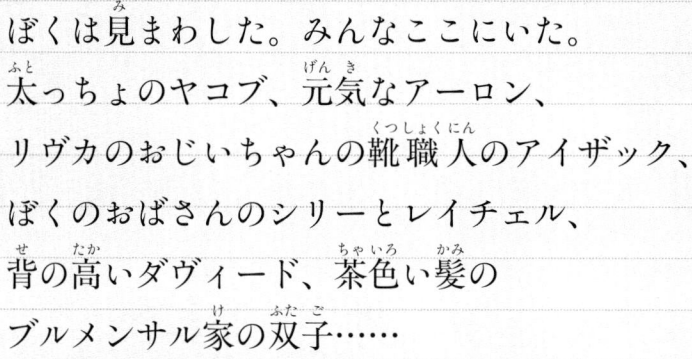

目を大きく見開くと、
近くにパパとママがいるのが見えた。

ぼくの石のような
からだにぬくもりが
もどってくるのを感じた。

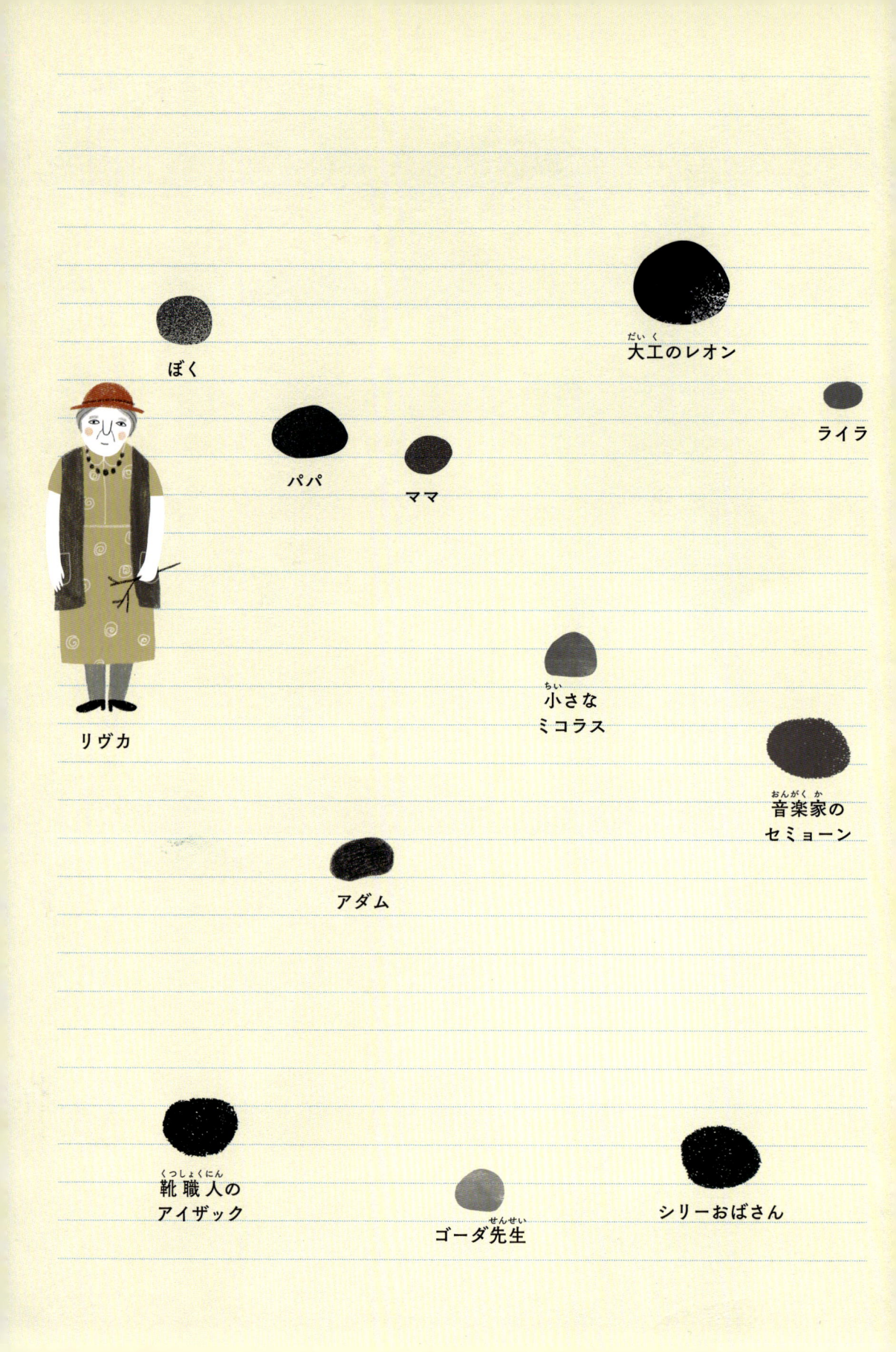

ぼく

大工のレオン

ライラ

パパ

ママ

リヴカ

小さな
ミコラス

音楽家の
セミョーン

アダム

靴職人の
アイザック

ゴーダ先生

シリーおばさん

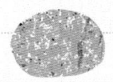

アビゲイル

レイチェルおばさん

力持ちのサムソン

ブルメンサル家の双子

鍛冶屋の
ダヴィード

ドヴ

ヤコブ

元気なアーロン

ベンジャミン

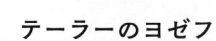

テーラーのヨゼフ

デボラ

エピローグ

　この物語はリトアニアの都市のヴィリニュスを舞台としたものですが、ヨーロッパのほかの場所でも起こったかもしれないできごとです。第二次世界大戦は、人間の歴史の中で最大の戦争でした。たくさんの人が殺され、ヨーロッパでは特にユダヤ人が、「ユダヤ人狩り」もしくは「ホロコースト」によって命を落としました。それは10年以上にわたり続き、600万人のユダヤ人が殺され、そのうち50万人は子どもでした。

　ユダヤ人は区別のための印をつけさせられました。黄色の六芒星です。それは苦しみの象徴となりました。この本でも、イーサンの身の回りのさまざまなものが黄色であらわされています。

　はじめにユダヤ人をほかの住民から離し、それから街の一角に集めて、閉じ込めてゲートを建てました。その地区はゲットーと呼ばれました。そこに住むのは特に厳しいものでした。移動手段を使ってはならず、ラジオ受信機を持っていました。それでも生活は続き、そこには凧や図書館や劇場までもがありましたが、ゲートの外に出たら、ほとんどの場合、二度と戻ることはありませんでした。
　そのような大変な時においても、多くの勇敢な人々がいました。彼らは自分の命をかけてユダヤ人の人々を自分の家にかくまい、残された子どもを養子にし、逃げる手助けをしました。

人々を助けた彼らは諸国民の中の
正義の人と呼ばれています。

　現在までに、約2万4千人の諸国民の中の正義の人がいて、そのうち915人がリトアニア人です。第二次世界大戦後、イスラエル政府は全てのユダヤ人を助けた人々に感謝の意を表し、メダルを授与しました。その名前はイスラエルのエルサレムにある「正義の人の庭園」にある「名誉の壁」に刻まれています。